Baccio Emanuele Maineri

Il sacro drappello di Villa Glori

Baccio Emanuele Maineri

Il sacro drappello di Villa Glori

Ristampa immutata dell'edizione originale del 1881.

1ª edizione 2024 | ISBN: 978-3-38664-848-6

Antigonos Verlag è un marchio della Outlook Verlagsgesellschaft mbH.

Verlag (Editore): Outlook Verlag GmbH, Zeilweg 44, 60439 Frankfurt, Deutschland
Vertretungsberechtigt (Rappresentante autorizzato): E. Roepke, Zeilweg 44, 60439 Frankfurt, Deutschland
Druck (Tipografia): Libri Plureos GmbH, Friedensallee 273, 22763 Hamburg, Deutschland

B. E. MAINERI

IL SACRO DRAPPELLO

DI

VILLA GLORI

CON

DOCUMENTI E APPENDICE

ROMA

STABILIMENTO G. CIVELLI

Via della Mercede, 9

—

1881.

ALLA MEMORIA

DEI NOSTRI MARTIRI

———

AI NEMICI

RISOLUTI E PERTINACI

DELLA PEGGIORE DELLE TIRANNIDI

LA SACERDOTALE.

> Come un dì alle Termopoli gli Elleni,
>   Come i Fabi al Cremère, la nemica
>   Oste sfidaro impavidi e sereni.
> *Viva Roma!* fu l'ultimo lor grido,
>   E Roma or vive, e il nome con l'amica
>   Eco ripete al più remoto lido.
>
> V. De-Castro.

> Prima divelte, in mar precipitando,
> Spente nell'imo strideran le stelle,
> Che la memoria e il vostro
> Amor trascorra o scemi.
> La vostra tomba è un'ara; e qua mostrando
> Verran le madri ai parvoli le belle
> Orme del vostro sangue. Ecco io mi prostro,
> O benedetti, al suolo,
> E bacio questi sassi e queste zolle,
> Che fien lodate e chiare eternamente
> Dall'uno all'altro polo.
>
> Leopardi — *All'Italia.*

Giornali, monografie e storie hanno pubblicato i nomi dei componenti il *sacro drappello* di villa Glori, detto in ugual modo dei SETTANTA, come primamente lo qualificava il generale Garibaldi nel suo famoso manifesto ai *volontari,* sebbene sommasse invece a *settantotto*: ma que' nomi, trascritti o appresi da note stese in fretta e furia, o a caso, da tutti gli scrittori — indistintamente e in piena buona fede — furono pubblicati con le più volgari inesattezze ed errori. Era tempo invero d'emendarli.

L'assunto non presentavasi così facile, nè era d'importanza tanto lieve, come si potrebbe supporre. « Non così facile, » perchè, a guarentire irrefutabilmente l'esattezza dei nomi, facea d'uopo volgersi ai luoghi d'origine, cioè a' sindaci delle rispettive città e paesi dei *Settanta*; « non d'importanza tanto lieve, » perchè in tali casi corre obbligo di giustizia attribuire l'onore e la gloria solo cui spettano, cancellando o correggendo nomi veri o supposti, i quali col tempo avrebbero potuto usurpare un posto nella storia mercè l'errore o la menzogna.

Adunque, l'elenco dei *Settanta* sino ad oggi fu in dominio del pubblico quasi del tutto inesatto; basti il dire, che in esso contansi errati ben *dieci* nomi, *quindici* cognomi, *quattordici* provenienze o luoghi di nascita, oltre *otto* cognomi senza il nome di battesimo, *nove* privi di patria, e *due* ommessi; in tutto *cinquantotto* errori, le due omissioni comprese! Un'enormità, della quale sarebbe difficile trovare esempio. Povera storia, e povera biografia!...

La quale colpa è, come si disse, di tutti, sebbene trovi scusa non lieve nell'assenza de' documenti e in circostanze ardue ed incerte: e siccome chi avrebbe forse meglio dovuto pensarci, non se ne die' mai per inteso; a rendere la dovuta giustizia stabilendo l'*unicuique suum*, ci andava un po' di buon volere, volere amoroso e pertinace, di cui per fortuna ci diede prova esemplare uno dei componenti stessi il drappello, Cesare Elisei, romano. Il quale, com'ebbe cono-

sciuto la bella idea dello scultore Ercole Rosa, di in-
cidere sul gran dado del gruppo dei fratelli Cairoli —
del quale, come tutti sanno, è il felicissimo autore —
i nomi dei valorosi che furono commilitoni a quelli
nella impresa audacissima, non esitò un istante e,
vòltosi con apposita lettera ai sindaci dei rispettivi
borghi e città, riuscì ad ottenere i necessari documenti
autentici. Quando ei venne a farmi palese e il
felice concetto e il più che felice avviamento, non
seppi trovare parole bastevoli di lode e auguri di
compìto successo; — in fine sarebbero cessate tutte
le incertezze, ciascuno avrebbe avuta la sua parte! (1).

Ma quante indagini, quanti chiarimenti, richieste,
sollecitazioni e fastidî prima di giungere alla meta!
volere fu davvero *potere;* inchiniamoci al fatto, e onore
a chi spetta.

Oggi, dunque, più nessun dubbio è possibile, i nomi
di quei valorosissimi hanno il suggello solenne della
più scrupolosa veridicità; tutte le obbiezioni possono
soddisfarsi. E poichè nella *Storia dell' insurrezione di
Roma* (2) e nella *Spedizione dei monti Parioli* (3)
quell'elenco, come in ogni altra pubblicazione, è sba-
gliato; io non solo sento il dovere, per mio conto, di
farne l' *Errata-corrige;* ma sono lieto di essere il
primo, grazie alla spontanea e cortese bontà del
paziente ricercatore,

Informazioni attendibili, assunte per ufficio di scrupoloso dovere (4), ci lasciano oggi sperare non lontana l'epoca in cui vedremo eretto il sospirato monumento: il gesso è in mano del valente fonditore Nelli, in Trastevere, via della Lungara, e tra cinque o sei mesi si potrà averne il getto in bronzo per essere collocato senza indugio a posto.

L'artista ha perciò soddisfatto ogni debito suo; lo hanno ugualmente compìto gli altri? Lo si dica con franchezza: tutto dipende ora dal Municipio, il quale deve svegliarsi dal suo *patologico* torpore e dar segno di vita energica (sarebbe un vero miracolo!) a' suoi amministrati, che non sanno in verun modo spiegarsi tante lentezze. — Che occorre dunque? Che fanno lassù, i nostri seri, in Campidoglio? O che davvero in quell'*aula magna* il figlio del Sonno e della Notte sia riuscito a versare i suoi papaverici influssi? Dio ce ne scampi! Intanto ricordiamo che il decidersi è la cosa più semplice e facile di questo mondo. Si aduni il Consiglio, e approvi una buona volta l'ultimo disegno della base presentato dal Rosa; poi, senza por tempo in mezzo, si scelga la più acconcia località: tutto, quindi, dipende dai nostri *reverendi* Padri Coscritti. — Vedremo che ne sarà.

L'idea del Rosa di scolpire sulla base i nomi dei compagni e seguaci del Cairoli, è giusta e lodevole, e fu accolta con plauso dall'universale; a mio parere, i nomi dovrebbero tutti scriversi in bronzo, e avremmo così la Tavola dei SETTANTA o *Settantotto*. Lo scultore ha pur ideato di apporre ai lati due marmoree corone, le quali comprendano rispettivamente i nomi degli altri due caduti, Giuseppe Moruzzi e Antonio Mantovani. Così l'apoteosi di villa Glori durerà eterna sulle carte, su' marmi o ne' bronzi.

Quanto a me, invece di differire questa legittima rivendicazione dei componenti il « sacro stuolo, » ho sentito doppio dovere di sollecitarla, perchè la giustizia non dee mai patire indugio, e perchè mi parve non potersi anzi scegliere migliore opportunità della presente, ossia della ricorrenza del trigesimo anniversario della spedizione; e i motivi di questa seconda considerazione sono tanto evidenti, che non mette conto di chiarirli: basta in vero il solo senso comune. Noi non crediamo peccare d'eccessiva pretensione riputandoci gente quieta e dabbene, nata fatta proprio per la pace e l'amore, sebbene — a che celarlo? — singolarmente gelosa dei nostri affetti, della religione dei nostri principî; però, la nostra bandiera è quella degl' imparziali ed onesti, la santa tolleranza ne' limiti delle rispettive ragioni. Così sia! A ciascuno i suoi Dii. Noi leviamo agli onori degli altari i martiri della nostra fede, fede di patria e di libertà, e sono dessi i nostri veri Santi, dessi i tutelari nostri numi. Abdichi altri liberamente in seno alla superstizione e all' ignoranza i sacri diritti della natura e della nazione; di loro non ci cale, purchè, secondo è dovere, simili ai fachiri dell'India, si consumino nella solitudine e nell'oblio, sospirosi beatamente del cielo, di cui, pur troppo — colpevoli incorreggibili — hanno a rendersi degni; ma — lo ricordino bene — disinteressati affatto a questa bassa e rea terra, la cura della quale spetta naturalmente a noi, a noi credenti nel progresso indefinito dell'umanità, fedeli al culto della famiglia e della patria. Nè siamo del tutto profani alle armonie del cielo, all'eterno amore e alla bellezza divina del creato, fonti di nobili entusiasmi ai cuori gentili e puri; terremo però sempre in cima dei pensieri la sentenza ricordata dal poeta, e solo sconosciuta alla razza dei Caini e dei Giuda:

> Iddio con immortali
> Caratteri di monti e di marine
> À segnate le patrie (5).

A dar pregio a queste *tavole d'oro* — chè proprio tale appellazione si conviene all'*Elenco* —, i nomi delle quali splenderanno gloriosi e riveriti sino alla posterità più tarda, le ho volute, per così dire, fregiare di una ghirlanda di fiori poetici, che ci furon lasciati da quell'anima gentile e bella di Giovannino Cairoli; cogliendo per tal modo il favore dell'occasione, sono lieto di soddisfare i voti d'un amico (6), che son pur quelli d'altri gentili. Che se il verso non ha tutta la castigatezza e lindura esteriore, onde il poeta suol rendere più vistosi ed efficaci i suoi ideali, non mancano l'impeto e il sacro fuoco della lirica, i quali ci permettono di presagire ben altre prove, se al « giovinetto » cantore (altro allor ei non era!) l'avara parca non avesse così immaturamente troncato lo stame della vita.

*
* *

Torni acconcio un postumo aneddoto non mai registrato.

Sciolto il drappello, i più corsero a raggiungere le schiere di Menotti, come s'era stabilito, altri si volse per Ponte Molle a Roma cercando pane e ricovero nei siti vicini; i fratelli Rosa, sbagliando strada, trovaronsi pur sotto le mura della città, ove, entrati, non tardarono ad esser presi e condotti al cospetto del famigerato generale Zappi, quegli stesso che voleva entrare, era voce, in Firenze col frustino, e ridurla a dovere.

Con cipiglio e burbanza soldatesca lo Zappi prese a interrogare i due bergamaschi, che da prima, sdegnosi, opponevangli rifiuto; infastiditi, gli risposero liberi ed alteri:

— Sì, fummo tra' combattenti del 23!

— Di quanti si componeva la vostra schiera?

— Di *Settantotto!*

— Che! che! impossibile. Non mi contate frottole, e dite su; qual'era il numero della *colonna*, quale esattamente dei volontari?

— Ripeto, rispondeva fermo Eugenio, che il numero della *colonna*, com'ella vuole chiamarla, era di *settantotto*; dei combattenti, una cinquantina, perchè gli altri, secondo gli ordini, rimasero in riserva e pronti a proteggerci in caso di ritirata, la quale non ebbe luogo, essendo i pontificî fuggiti dopo pochi tiri.

A così vibrate rivelazioni, turbato, il generale afferra il campanello e l'agita; comparve il soldato d'ordinanza.

— Chiamatemi il comandante.

Poco dopo gli è innanzi.

Lo Zappi, senz'altro, gli dirige vivamente queste stesse parole:

— Maggiore, quanti erano i combattenti garibaldini a' Monti Parioli?

— Più d'un migliaio, risponde il valoroso.

— *Settantatotto! settantotto! settantotto!* urlò forsennato lo Zappi; e *due compagnie*, seguitava, *di truppa scelta* fuggirono di fronte a settantotto *mascalzoni!* Oh, per. . . Maggiore, vada sull'istante a consegnarsi.

E chiamate due guardie o sgherri, rivoltosi ai Rosa gridò:

— E voi a Castel Sant'Angelo... Avanti!

Questo veridico racconto dà il carattere del combattimento di Villa Glori.

Del resto, la storia della spedizione dei Monti Parioli, sebbene nelle sue proporzioni modesta, non si può riputare del tutto compiuta: lamentasi in essa il silenzio di altri episodi e particolari, che ne accrescerebbero l'interesse, e non sono conosciute per intiero la genesi e le vicende degli ordinatori del tentativo audace. Al quale lavoro si opposero sinora ragioni diverse, che non vale qui addurre; ma forse non è lontano il tempo di una rivendicazione più estesa e soddisfacente (7). E, a dir vero, chi voglia dar campo al tema, rimane eziandio coperta di fitto velo la maggior parte di storia delle congiure dei patriotti romani contro il dominio temporale dei papi, specie nel decennio precedente al 1870; la quale se un dì — forse non molto lontano — venga svolta al pubblico, mostrerà a chiare note come gli elementi patrî sul Tevere covassero vivi e gagliardi, non ostante le bieche arti e le terribili persecuzioni della polizia pretesca. E insegnerà che qui in Roma i pertinaci proponimenti e le audacie disperate temprarono gli animi alle virtù di tutti i sacrifizi, rendendo così giustizia ai patriotti romani, degni di star a paro con gli altri delle provincie sorelle; e per tal modo dalla serie stessa dei fatti rimarrà provata la lotta sostenuta dai liberali contro la peggiore delle interne tirannidi, la papale, prima e costante cagione delle divisioni e debolezze della nostra patria.

Non pochi sorrideranno a questi nostri entusiasmi: ma non ne facciamo le maraviglie, noi; le conosciamo queste anime invano, questi trafficatori della penna e di ogni santa cosa.

Son ben mutati i tempi! Al ciclo operativo degli uomini di mente e di braccia, un'epoca intiera d'incertezze, di sforzi inani e meschini; gente di miope ingegno e pusillo, slombata e impotente. In luogo di volontà pertinaci, di eroiche audacie, di abnegazioni e sacrifizi divini, cupidigie febbrili, ridicole codardie, tripudii e oblivioni da Sardanapalo. — La patria schiava, gli animi ingagliardivano alle lotte arrischiate e molteplici della sventura, perchè la religione del dovere e i sacri entusiasmi delle individuali energie alimentavano nei petti cittadini virtù magnanime, le quali, temprando i caratteri, assicurano coll'esempio i collettivi trionfi; — libera, si cercano invano nelle superstiti opere i contrassegni di quelle elette potenze.

Irrisa l'idealità e spenta la fede, la codardia coperse gli animi peggio che lebbra i corpi. Non più il coraggio del leone e le furie della Nemesi vendicatrice in campo; ma sibaritici lenocinî, apostasie volgari, gare oscenamente invereconde per assidersi gaudenti in panciolle: e la patria, parola vana; l'utile di parte, bandiera nefasta e bugiarda; l'*io*, unica fede, — e la frivolezza ispiratrice ed auspice. Tornati i bei tempi de' maestri di palazzo, il putrido sistema del *bizantinismo* instaurato: democrazia a parole; verso le cocolle e i falsi leviti più teneri di Loiola; prodighi di libertà nelle aule dei parlamenti, in piazza, nelle concioni popolari. La giovane generazione si getta a capofitto nel lombricaio; atea e lussuriosa puttaneggia l'arte; lettere e poesia cercano di far quattrini e ardono incensi alla dea Opportunità, che l'esercito dei faccendieri saluta tutelare, mentre sull'immagine veneranda della patria lancia contumelie e fango la burbanza di Francia, maniaca eterna, e i buoni meditano il *redde rationem*. — La corruzione sale, si estende in alto; il popolo vede, pensa e lavora... in attesa del Cristo, che scacci dal tempio profanato tanta lordura.....

Lo scorso anno, la commemorazione di villa Glori passò quasi inosservata, tranne pei pochi amici là accorsi in mesto e solingo pellegrinaggio, l'animo rotto allo sconforto e alle delusioni di persone e di cose.

Non dev'essere così, no, in questo!

Vengano pure i piagnucolosi *romei* ad ammirare nella *eterna* città il più ricco e splendido palazzo del mondo sulla collina del Vaticano, dove dall'*umile prigioniero* si godono santamente le delizie e i conforti di Lucullo e di Apicio, mentre un'infame preghiera invoca dal cielo — omai sordo e impotente — il soccorso di *straniere* armi ai danni d'Italia: noi, memori e volenti, ce ne anderemo a villa Glori per appendere corone votive allo storico mandorlo, per temprare la fede nella sacra iliade delle trionfate nostre sorti. E ivi porgeremo omaggio d'affetti riconoscenti a coloro che fecero sacrifizio di sangue e di vita pel riscatto d'Italia e di Roma, di Roma naturale metropoli nostra, custode e vindice del patto nazionale, acquisita più per forza di libero pensiero, che per impeto di terrena possa... Sì,... del pensiero che ispirò i nostri più grandi pensatori e poeti, e pel trionfo del quale venne arso vivo Arnaldo da Brescia, auspice la perfidia di un Imperatore, e la ferocia d'un pontefice, (8) innanzi a Porta del Popolo, sull'una del mattino, le ceneri per paura gittate nel Tevere; e Giordano Bruno da Nola bruciato, *ustulatus misere*, in Campo di Fiori, dalla cristiana e paterna carità di Clemente VIII, ispiratore sanguinario il cardinale di Sanseverina (9).

Roma, addì 20 ottobre del 1881.

B. E. MAINERI.

Il Sacro Drappello.

Comandante il drappello

1. CAIROLI ENRICO

Pavia.

Comandante la 1.ª Sezione

2. TABACCHI GIOVANNI — Mirandola (Modena).

Comandante la 2ª Sezione

3. ISACCHI CESARE — Cremona.

Comandante la 3ª Sezione

4. CAIROLI GIOVANNI — Pavia.

Aiutante maggiore

5. DEVERNEDA ERMENEGILDO — Chiavenna (Sondrio).

Furiere

6. MURATTI GIUSTO — Trieste.

7. **Angeli** Enrico — Vicenza.
8. **Barbarini** Alessandro — Cremona.
9. **Bariani** Ernesto — Casarile (Milano).
10. **Bassini** Odoardo — Pavia.
11. **Bassini** Pietro — Pavia.
12. **Bazzoli** Massimiliano — Forlimpopoli (Forlì).
13. **Bonfatti** Carlo — Mirandola (Modena).

14. **Boudet-Dutel-Vollerin** Fleury — Lione (Francia).

15. **Campari** Camillo — Pavia.

16. **Candida** Alfredo — Roma.

17. **Capra** Giovanni — Castel Bolognese (Ravenna).

18. **Castagnini** Domenico — Pavia.

19. **Celli** Silvestro — Forlimpopoli (Forlì).

20. **Cerri** Silvestro — Dorno (Pavia).

21. **Chiap** Valentino — Forni (Udine).

22. **Colombi** Antonio — Vescovato (Cremona).

23. **Dal Corso** Gaetano — Verona.

24. **Dall'Oppio** Antonio — Castel Bolognese (Ravenna).

25. **Donelli** Filippo — Cremona.

26. **Elisei** Cesare — Roma.

27. **Emiliani** Giovanni — Castel Bolognese (Ravenna).

28. **Fabris** Placido — Povegliano (Treviso).

29. **Ferrari** Pio Vittorio — Udine.

30. **Fiorini** Odoardo — Cremona.

31. **Francischelli** Francesco — Castel Bolognese (Ravenna).

32. **Galli** Carlo — Pavia.

33. **Garavini** Enrico — Carpinello (Forlì).

34. **Gentili** Oreste — Loreto (Ancona).

35. **Gilioli-Cesatti** Antonio — Mirandola (Modena).

36. **Gozzoli** Arturo — Bologna.

37. **Gramigna** Angelo — Castel Bolognese (Ravenna).

38. **Guangiroli** Ercole — Pavia.

39. **Guida** Carlo — Soresina (Cremona).

40. **Isacchi** Antonio — Milano.

41. **Lelli** Vincenzo — Ancona.

42. **Mai** Tommaso — Mantova.

43. **Mancini** Giovanni — Roma.
44. **Mantovani** Antonio — Pavia.
45. **Marzari** Giambattista — Castel Bolognese (Ravenna).
46. **Michelini** Giovanni — Meduno (Udine).
47. **Moruzzi** Giuseppe — Pavia.
48. **Mosetig** Pietro — Trieste.
49. **Musini** Luigi — Busseto (Parma).
50. **Nicolato** Luigi — Lonigo (Vicenza).
51. **Nobili** Ernesto — Robecco d'Oglio (Cremona).
52. **Papazzoni** Ernesto — Cavezzo (Modena).
53. **Papotti** Francesco — Mirandola (Modena).
54. **Pasquali** Ubaldo — Loreto (Ancona).
55. **Perozzi** Angelo — Roma.
56. **Petitbon** Francesco — Golese (Parma).
57. **Pietrasanta** Luigi — Pavia.
58. **Ricci** Emilio — Pavia.
59. **Rosa** Angelo — Bergamo.
60. **Rosa** Eugenio — Bergamo.
61. **Rossi** Raffaele — Rimini (Forlì).
62. **Stragliati** Baldassarre — Pavia.
63. **Taddeo** Francesco — Napoli.
64. **Tamanti** Costantino — Petritoli (Ascoli Piceno).
65. **Tarabra** Giacomo Alessio — Asti (Alessandria).
66. **Tinelli** Luigi — Napoli.
67. **Tirapelle** Severo — Verona.
68. **Trabucchi** Ercole — Pavia.
69. **Trentini** Pietro — Viadana (Mantova).
70. **Vacchelli** Luigi — Cremona.
71. **Vacchelli** Nicola — Cremona.

72. **Valdrè** Antonio — Castel Bolognese (Ravenna).
73. **Valdrè** Francesco — Castel Bolognese (Ravenna).
74. **Vecchio** Giovanni — Pavia.
75. **Veroi** Luigi — Verona.
76. **Veronesi** Aristide — Mirandola (Modena).
77. **Veronesi** Tito — Mirandola (Modena).
78. **Vidali** Gian Luigi — Trieste.

NOTE E DOCUMENTI.

NOTE e DOCUMENTI

(1) *Illustrissimo signor prof.* MAINERI,

Le sono grato dell' appoggio così amorevolmente prestato all' idea che le manifestai, tempo fa, intorno all' *Elenco* dei componenti il drappello di villa Glori, e più dei consigli e incoraggiamenti suoi, che mi accrebbero lena per meglio riuscir nell'assunto. Conoscendo il suo cuore, non ne potevo dubitare.

E a lei che tanto s' interessa alle glorie del nostro paese, oggi sono lieto di poter presentare e offrire quell' *Elenco*, affinchè lo voglia pubblicare a compimento del volume: *Spedizione dei Monti Parioli* di Giovanni Cairoli, ch' ella illustrava amorosamente con *proemio*, or sono due anni; o nel modo e quando creda più opportuno. Come a voce le dissi, io l'ho compilato per incarico avutone dal chiarissimo professore Ercole Rosa, autore del detto monumento.

Conservo presso di me tutti i documenti giustificativi dell' operato, pronto a consegnarli a chi di ragione, ove ne sia il caso. Unitamente all' elenco, le rimetto copia della nota circolare da me inviata ai signori Sindaci per istabilire le generalità precise dei componenti il drappello; e con questa occasione ho l' onore di professarmi colla massima stima ed ossequio

Roma, ottobre 1881.

Di V. S. Ill.ma

Dev.mo obbl.mo
CESARE ELISEI.

Ill.mo signor Sindaco,

Questo Municipio, in sèguito a moltiplici proposte di varî cittadini romani, deliberava che venisse eretto un monumento alla illustre e compianta memoria di Enrico e Giovanni Cairoli, il primo morto strenuamente pugnando a villa Glori il 23. ottobre 1867, l'altro dopo due anni, d'insanabile ferita ricevuta lo stesso giorno a fianco del fratello.

A viemeglio completare il monumento, l'artista incaricato della esecuzione ha creduto opportuno che si incidano sulla base i nomi di coloro che ai fratelli Cairoli furono compagni nella perigliosa impresa, perchè ai posteri possa essere tramandato esattamente il numero di quei generosi.

Il sottoscritto incaricato di enunciare distintamente il nome, cognome e patria dei componenti quel drappello, non ha per tutti le generalità precise; onde, a ben disimpegnare il còmpito affidatogli, si permette di comunicare alla S. V. Ill.ma l'elenco, sinora conosciuto, con preghiera che Ella voglia in cortesia degnarsi prenderlo in esame e restituirglielo rettificato, ove ne sia il caso, per quanto concerne i suoi amministrati.

Confidando che la S. V. Ill.ma vorrà prestare il suo aiuto pel buon esito della patriottica idea, il sottoscritto le anticipa i più vivi ringraziamenti, mentre ha il pregio di segnarsi

Della S. V. I.

Roma, li 22 luglio 1880,

Dev.mo Obb.mo
CESARE ELISEI
domiciliato in Roma,
Piazza dell'Olmetto N., 14 piano 3°.

All'Illustriss. Signor Sindaco
    del Comune
        di

. . . .

(2) COLLANA DEI MARTIRI ITALIANI; *Storia dell'insurrezione di Roma nel 1867,* per Felice Cavallotti e B. E. Maineri; Milano presso la Libreria Dante Alighieri, via Giardino, N. 33, 1869, volume in-8° di pag. 670.

(3) *Spedizione dei Monti Parioli* (23 ottobre 1867) raccontata da Giovanni Cairoli còn proemio e note di B. E. Maineri e col ritratto dell'autore (edizione 1ª Perelli); Milano a cura dell' editore L. Levi, 1878 : prezzo L. 2,50.

(4) Per incarico, il 1° settembre ultimo scorso, dei signori: Pietro Mosetig, Antonio Valdrè, Giovanni Mancini, Ernesto Bariani e Cesare Elisei, non solo in proprio, ma a nome degli assenti, — superstiti *tutti* della spedizione di villa Glori.

(5) ALEARDO ALEARDI, *I sette soldati.*

(6) Il prof. Cesare Rosa, che primo pubblicò queste poesie nelle *Letture popolari,* periodico settimanale da lui diretto, in Ancona, il quale visse appena dal novembre 1863 a tutto ottobre del seguente anno. « Credo, ei mi scriveva, si potrebbero, all'occorrenza, ristampare, perchè non meritano d'essere condannate all' oblio. Non hanno la castigatezza della forma, ma tanta gran copia di sentimento patriottico, da far perdonare facilmente qualche trascuratezza. Esse rimangono, si può dirè, ignorate. Sarebbero una bella giunta al vostro *Proemio* della *Spedizione dei Monti Parioli*, volume che fa battere il cuore a ogni vero italiano. »

L'occasione presente ha corrisposto; ma aggiungo che queste poesie faranno anche parte del volume *Giovinezza,* strenna pel 1881-82, anni X-XI, ch'io vengo pubblicando.

(7) Erano presso che stampate queste pagine, quando mi pervennero non poche preziose note sulla spedizione capitanata da Enrico Cairoli dalla cortesia del benemerito patriotto Angelo Perozzi, anima spartana (che si accinse a rilasciarle dopo insistenti e lunghe preghiere di un pregiato e carissimo amico), quegli stesso del quale Giovanni Cairoli parla replicatamente nella seconda edizione del suo lavoro (pag. 113, 117, 129, 135, 158 e 178) sotto il velo delle semplici iniziali.

Angelo Perozzi, devo aggiungere ora, ebbe in Firenze da Giovannino le prime bozze di quell'opuscolo, e nel rivederle fu tanto modesto, che ne cancellò i brani che maggiormente gli riuscivano onorevoli, contentandosi pel rimanente delle semplici iniziali (A. P.), pur conservate nella seconda edizione. Forse qualche altra delicata ragione non fu del tutto estranea a questo pregievole sentimento; ma certo al Perozzi è da attribuirsi non poco merito nel preparare e ordinare la nobile impresa.

Per fortuna il tempo provvede quasi sempre alle rivendicazioni giuste ed oneste.

(8) Pontefice e Imperatore, l'uno degno dell'altro. Adriano IV, dopo molto contestare, avviliva poi in Sutri la dignità del Barbarossa obbligandolo a tenergli la staffa ; e questi, più tardi, gli rimandava vergognosamente i legati, sdegnando dal papa il dono della *imperiale corona*. È all'inglese Adriano (Nicola Breakspeare) che si devono le dispense per le accumulazioni dei benefizi ecclesiastici e per la residenza dei beneficiari. Si potrebbero dire i *prodromi* di ben più gravi tempeste !

(9) Del papa — Ippolito Aldobrandini — Domenico Berti dà meritevoli informazioni, dicendolo « uomo di animo elevato e risoluto, e fornito ad un tempo di singolare prudenza, » e che, « instancabile nel lavoro, attendeva egli stesso con grandissima diligenza alla spedizione degli affari, ed in ogni cosa voleva vedere ed esaminare con gli occhi propri... ; pieno di pietà, « uso al cilicio, nelle processioni del Giubileo talvolta a piedi nudi, largo in elemosine, » tanto che faceva « desinare in una tavola accanto alla sua altrettanti poverelli, quanti gli anni del suo pontificato. »

Del cardinale sentite contrappeso :

« . . . . prima di giungere ai sommi onori del sacerdozio, fu
« giudice dell'inquisizióne e vicario generale del cardinale Alfonso Caraffa in Napoli, dove infierì siffattamente contro i
« novatori, che corse più volte pericolo nella vita. Aveva fama
« di uomo severissimo, e usava chiamare *celebre giorno e lietissimo ai cattolici* quello di San Bartolommeo, di truce memoria. Era non pertanto di sì grande autorità in Roma, che fu
« adorato e preconizzato pontefice nello stesso conclave, da cui
« uscì vittorioso Clemente. Per la quale sua fallita elezione sentì
« sì vivo e grave dispiacere, che nella notte seguente si trovò
« tutta la persona ricoperta da un sudore di sangue. Il Sanseverina univa a grande ambizione straordinaria carità per i poveri. Reputava uomini dappoco coloro che gli andavano a
« verso, e troppo liberi ed arditi coloro che gli si opponevano.
« Il suo coraggio e la gagliardia de' suoi convincimenti lo rendevano duro ed irremovibile ne'suoi propositi. I nemici ne
« avevano spavento ; gli amici timore. Egli s'imponeva a tutti
« colla sua ferrea volontà ; ed era oracolo nella Congregazione
« del Sant'Uffizio, alla quale si apparteneva l'esame ed il giudizio del Bruno. »

Ispirato e ispiratore ; Arcades ambo !

Vita di Giordano Bruno da Nola ; Torino 1868, tip. Paravia, pag. 269-70-71.

APPENDICE

POESIE PATRIE DI GIOVANNI CAIROLI.

IL PROFUGO

(1848-49)

Una razza crudel che non perdona,
Dalla pura m' ha tolto aura natìa ;
Chi mi ridona, o Dio, chi mi ridona
        La patria mia ?

M' han sbalestrato in un' ignota landa,
In una terra u' non germoglia un fiore,
Dove il Sole di nebbie ha una ghirlanda
        E di terrore !

Ero povero, solo e senza ostello,
Da tutte cose care abbandonato,
Non avea per coprirmi che un mantello
        Tutto stracciato.

Un ricovero ho chiesto a qualche tetto,
Ai cani l' hanno dato essi piuttosto ;
Nessuno al supplicar del poveretto
        Ha pur risposto.

Ho chiesto un pane, e un pane m' han negato !
Avevo freddo e non m' hanno coperto !
Ero solo, e nessuno ho ritrovato
        Sul calle incerto.

Sono giunto in un sito tanto grande ;
Ma pel profugo un angolo non v' era....
Era un sito in cui l' or sempre si spande,
           Quasi miniera.

Ma nessuno pel profugo ne avea :
Nessun pur di conforto una parola !
Quella parola che l'anima bea,
           Che sì consola...

Ho steso all' elemosina la mano...
D' orgoglio un senso pronto la respinse.
Avevo fame, e non volea ;... ma invano ;
           La fame vinse.

E dissi : « Date un obolo al meschino ;
Ho tanta fame ! » Ahimè, niuno m'ha udito !
E replicar volea, ma sul cammino
           Caddi sfinito.

Quando mi son svegliato, attorno, attorno,
Tutte persone squallide ho veduto ;
Di migliaia d' infermi era un soggiorno
           Funebre e muto.

E poco dopo al povero mio letto,
Uno ne venne dalla bionda chioma ;
« E che t'ange, o meschino? » egli m' ha detto
           In strano idioma.

Quando potei rispondere, con fioco
Accento un po' di cibo ho dimandato.
Partissi : e dopo qualche tempo un poco
           Di cibo mi fu dato.

Tre lunghi mesi di lente agonie
Ho là sofferto, ove si muore e geme;
Dopo tre mesi ho riveduto il die,
Fuor d'ogni speme.

Ma niuno, ahimè! niun m'ha soccorso! O crudi,
Pietà d'un uomo ch'ha sofferto tanto!
Ma tutti, ahi! tutti di pietade ignudi
Sono al mio pianto!

Eppure un vile io, no, non sono; eppure
Per una causa santa ho combattuto;
Pur, s'ho sfuggito alla tedesca scure,
Tutto ho perduto.

Deh! perchè mai, perchè nessun m'aita?
Dunque a forza morire oggi degg'io?!
Sì, già mi punge di troncar la vita
Acre desio.

Sul fior degli anni, allor che tutto è amore,
Avrà di me straniera terra l'ossa:
Ma nessuno un sospir, niuno avrà un fiore
Per la mia fossa.

Ebben che importa più? tutto è finito.
Se non mi resta che penare ancora,
Se il destino d'Italia oggi è compito,
Dunque si mora.

Ma pietade ebbe il ciel del mio dolore;
Una donna, anzi un angelo ho trovato:
Era un'itala donna, italo core,
Che m'ha salvato.

Ci siamo dette le nostre venture,
Ed essa al mio racconto ha pianto tanto :
Le sue m' ha detto, e al suo racconto io pure
                    Ho tanto pianto.

Dieci brev'anni d' insaziato amore
Rïamando ho vissuto con costei,
Dieci anni in cui giammai non ebbi core
                    Che per l' Italia e lei.

Ma occulta invan, più sempre un'affannosa
Necessità di patria e di vendetta
Ruggiami in cor, come fra il nembo ascosa
                    Rugge saetta.

E per un palmo del suolo natìo
Versar tutto il mio sangue avrei voluto,
Avrei l'amor di quell'angiolo mio
                    Anche perduto !

Era il tramonto, e co'suoi tocchi il bronzo
Flebilmente gemea sull'anglo lido,
Quando dall' Etna udii sino all' Isonzo
                    Rompere un grido.

Era il grido d'un popolo redento,
Grido immenso, un ruggito di leoni,
Un grido che, com' impeto di vento,
                    Fece cadere i troni.

O Italia, Italia mia, terra d' eroi,
Fian le catene tue dunque spezzate ?
Oh,... addio, gaudi d'amor, addio pur voi,
                    Sembianze amate !

Il mio tutto è una spada ; ogni mia speme
È ritrovarmi degli acciar tra il lampo,
E vincitor sentirmi in fra le estreme
              Ore del campo.

Veggo su in arme ogn' itala contrada :
Oh, m'attendete in pria della partita ;
Io volo : « O Italia mia, dammi una spada ;
              Ecco la vita ! »

LA SENTINELLA ITALIANA.

(1859).

- Chi viva ? - All' Armi !

- All' Armi ! - All' Armi !

-Vili !

Incontro a un solo si fuggiron tutti !
Ah ! no,... non tutti; fulminato giace
Un cadavere al suol !... Muori: così
Cade in Italia lo straniero. Al rude,
Informe volto, al nero crine, in esso
Un croato ravviso. Oh, ve' !... la luna,
Quasi s'allegri all'itala vendetta,
Frange su lui vivido il raggio ! Oh, gioia !
Ed io l'uccisi !... Io, sì !... Sii benedetta,
O carabina mia ! Fida compagna
Del battaglier nella sua dubbia vita,
Compagna sola al suo morir sarai.
Dal primo dì ch'io ti brandia, tal voto
Eternamente a te mi lega. Oh, mille
Fiate, e più, della mia stessa vita,

Più della man che mi ti die', mi è sacra
Questa promessa. O carabina mia,
Sii benedetta !...

                  - *Sentinella all'erta !*
  - *All'erta sto.*
              - *Chi viva ? - all'Armi !...*
                        - *All'erta !*

Veder mi parve... Ah! no: niun havvi ; pari
Al silenzio che medita un delitto,
Regna silenzio altissimo. Tedesco,
Tedesco, di', che farai tu frattanto ?
Ah, nella tana, forse, accovacciato,
Un tradimento ordisci ! È questa l'ora
Usa al tradir. Tu nel tradir maestro
Ed in viltà, tu più d'ogni altro il sai.
Ma invan, però, col tradimento invano
I mille acciari affronterai : col ferro
Lo si rintuzza, e tu, tu, sì, cadrai,
Abborrito Tedesco, e quella rôcca
Che, di bronzi tonanti incoronata,
A gigante simile, si protende
Verso le stelle, il capo tuo domani
Vedrà sepolto in sua rovina. Morte
Viene ruotando contro te la falce,
Ministra di vendette. O che giammai
Pensier ti colse del vindice fato,
Che nel volger di secoli si libra,
Oppressore, su te? Non sai che il brando
Nel dolore dei popoli temprato,
In suo secreto contro te, improvviso,
Dovea piombar? E sia; pel meglio nostro,
Or ben ti sta. Col resto del tuo sangue,
Il sangue renderai che la mannaia,
O il mortal piombo, di tua man spicciasti
Fuor dell'itale vene. Oh, rimembranza !

E l'hai tu spenti?... Su! Sia maledetta,
Maledetta sia pur la poca terra
Che te ricoprirà: d' immonda belva
La calchi il piede; ivi la tana e il pasto
Essa ritrovi.

   - Sentinella all'erta!
 - All'erta sto.

    - Sia maledetta!...

       - All'erta!

Domani è il dì della battaglia! Oh, gioia
Immensa, insuperabile! Una lunga,
Lunga sete di sangue, appien domani
Fia saziata. Oh, come il cor mi batte
Fervidissimo! Oh, come impaziente
Ogni mia fibra esulta! Io vi ravviso,
Miei bellicosi spiriti, forieri
Dell'estremo cimento; io vi provai
Ben altre volte già, della vittoria
Auspicio venturoso. Oh, Montebello,
Oh, Palestro, oh, Magenta, invidiate
Itale glorie, io vi saluto! Oh, quelle
Furono glorie! O campi aperti! o rombo
Dei fatali cannoni, o tramestio
Delle mischie, o possente urto dei fanti,
O scalpitar di sfrenati cavalli,
O baionette esiziali, o sacri
Inni di guerra, o grande Eroe Nizzardo,
O Vittorio, e tu, Sol, che illuminasti
Quelle splendide pugne, io vi saluto!
A voi l'estremo mio sospiro! O prodi,
Che là periste, addio! Forse domani
Sarò con voi; quanto soffrimmo, quanto
Gioimmo qui, forse nel ciel domani
Ci narreremo.

   - Sentinella, all'erta!

- All'erta sto.

        Pur, qual presagio! Estìnto
Cadrò domani! O Solferino, il cielo
Che ti copre, sarà l'ultimo cielo
Ch'io rivedrò? Ma se fra i canti io spiri
Della vittoria, ove ad Italia vita
Dia la mia morte, e tu l'affretta, o sole!
Di più non bramo. Èra il sospir segreto
Degli ansii giorni in cui tra voi vivea
Di gloria sempre quest'anima altera;
Anzi che vita inerte, ella antepose
Del morire la gloria. O madre mia,
Dolce mia suora, o generosi amici,
L'ultimo vale ora accogliete, forse.
E tu, Vergine, tu che d'uno sguardo,
In cui più vivo sfolgorava il cielo,
Il bollor de'miei verdi anni tempravi;
Tu, che in questo mio cor, cui prodigate
Hai le dolcezze dell'amor più santo,
La terribile lotta suscitasti
D'amante e cittadin, tu mi perdona
S'io t'ho diserta, e qualche volta almeno,
Nell' ora in cui come persona stanca
Malinconicamente il dì s'imbruna,
Ti ricorda di me: ma sul mio fato
Non pianger, no, che vincitòre io caddi,
Se pur cadrò. Per noi combatte un Dio,
E la vittoria è nostra. O Solferino,
Tu famoso oltre i secoli ne andrai,
Ricorderanno in te l' età lontane,
La vendetta più grande degli oppressi
Sugli oppressori.

        - Sentinella, all' erta!

  - All' erta sto.

      Viva l' Italia!

        - All' erta!

LA RISCOSSA

(1864)

Veggo dal Tebro rapide levarsi,
E dall'adriaco mare,
Due stelle, anzi due Soli,
Che percorrendo l'italo emisfero,
Vanno in un punto solo ad incontrarsi,
E, vinto delle tenebre il profondo
Caliginoso orrore,
L'italo serto comparisce intero;
Sì che dal suo splendore
È tutto quanto illuminato il mondo.

Vampiro di tre regni,
Tedesco, questa volta
È suonata davvero
L'ultim'ora per te! Vedi che in armi
È tutta Italia contro te rivolta!
A noi sorride l'ultima vendetta,
E la più sanguinosa;
Forse perchè più cupa e meditata,
Più lunga e dolorosa.
Nasconditi, va, fuggi;
Nasconditi, se vuoi
Campar la grama vita;
Cerca un asil là dove striscia il verme,
Dove non giunga il fulmine, se puoi!

E, bada, allor che udito
Avrai l' itala tromba,
Che già squillò a Palestro e a San Martino,
Ti pentirai, ti pentirai d'averla
Sì a lungo disprezzata.
Carnefice di popoli, paventa !
Quei che d' Italia è il Dio,
La tua final sentenza
Ha col sangue dei martiri segnata ;
Nè l' ha segnata invano !
Guarda, guarda l'Italia ;
In lei non è contrada
Che a lotta non s'accinga. E già la mano
Stringe il ferro che pende
Dal fianco ; ecco la spada
Sitibonda : la morte ecco t'attende.
Ma tu sai ben che sia
L'itala baionetta,
Se a lei raccomandata è una vendetta :
D'un popolo t'insegni
Il supremo volere ! O di tre regni
Vampiro, più che a fuga, or io t'invito
A scendere nel campo,
Dove Italia t'aspetta.

Ma tu nel campo, no, non scenderai ;
Tanto immenso valore
Il tuo petto magnanimo non serra !
Ciò cui ti basta il core
È sorprender gl'inermi ;
Sovra un solo piombar a mille a mille,
Accovacciarti in ben difesa terra,
Ricco di tutto, spregiator insano
Di ogni nobile ragion : ecco son queste,
Queste son le tue geste !

E dir ch'io menta ardisci?...
Deh! s'io mentisco, e voi,
O migliaia di martiri, sorgete
Nanti a chi v'ha tradito ;
E tu, se l'osi, a loro
Di' ch' ho mentito !

Oh, qual fulmine guizza entro quel nembo !
Odi fragor! No' l senti?
Qual terrore t'invade? Oh, tu paventi
Che scoppi ad ogni istante !
Oh, quanti fati egli si chiude in grembo!
Ma intanto il tempo stringe
E, col tempo che stringe, il suo terrore
Cresce gigante. O Venete lagune,
O Verona, o Peschiera,
O memoranda di Legnan pianura,
E voi quant'altre siete,
Gemme dell'adriatica marina,
Dunque eterna su voi
Sventolerà l'austriaca bandiera?
Con gli artigli rapaci
Sempre vi stringerà l'aquila impura?
No, non lo vuole Iddio !
Tedesco, questa volta,
È suonata davvero
L'ultim'ora per te ! Férmati... ascolta
Che dal tirreno mare
Fino alla punta dell'adriaco lido
Italia a te l'annuncia in un sol grido !
E, se non credi a lei,
Meglio credi all'insolito terrore
Donde compreso sei ; credilo meglio
Al celerato battito del core..
Oh ! invan t'afforzi, invano

Sulle mal tolte rôcche
Altre ne innalzi, 'invano
Centuplicando vai tonanti bocche !
Pensa che quella terra,
A cui te stesso ed il tuo fato affidi,
È seminata di cenere e di ossa :
Che dei martiri il sangue in cielo ha scritto
La sentenza final del tuo delitto.
E tu qui stai?! Va,... fuggi,...
Fuggi, t' invola e, se non hai rimorso,
Pensa che quella terra
Vacillerà sotto straniero pondo ;
Che tra 'l cenere e l' ossa
Dei cari trucidati
Ritroverai la fossa.

E tu, vecchio cadente, anzi fanciullo,
Ombra d'umana onnipotenza, dimmi,
Che pensi ancor, che fai ?
Ora che in te non fidi più, nè 'l puoi,
Dimmi in che fidi, in chi t'affidi mai ?
Tranne l' universale abborrimento
E un antico rimorso,
Vedi, tutto hai perduto
E, poi che l' hai voluto,
Sol l' infamia ti resta. Ah, parla, parla !
Dove, dov' è quel trono,
Che si credeva eterno,
Forse perchè da secoli fondato ?
E il celeste voler che l' ha donato,
Eredità di secoli codardi,
Dove, dov' è ? rispondi ?
Oh, se fu prima onnipossente inganno,
Ora è ludibrio e scherno.
Come cosa sepolta,

Ognun se l' è scordato,
Tu stesso ancor te lo ricordi appena !
È vero che una volta,
O fosse presto o tardi,
Cader dovea ; ma per fuggire un' onta,
Perir con esso tu dovevi almeno.
Della terra e del cielo
Re, che sull' orbe tutto dominavi,
Tu che sovrani e popoli calcavi,
Di', dove sei, o Re ?... Non ti ritrovo....

   .   .   .   .

   .   .   , ...

INDICE